蒼い陰画

Mori Yuji

森　雄治詩集

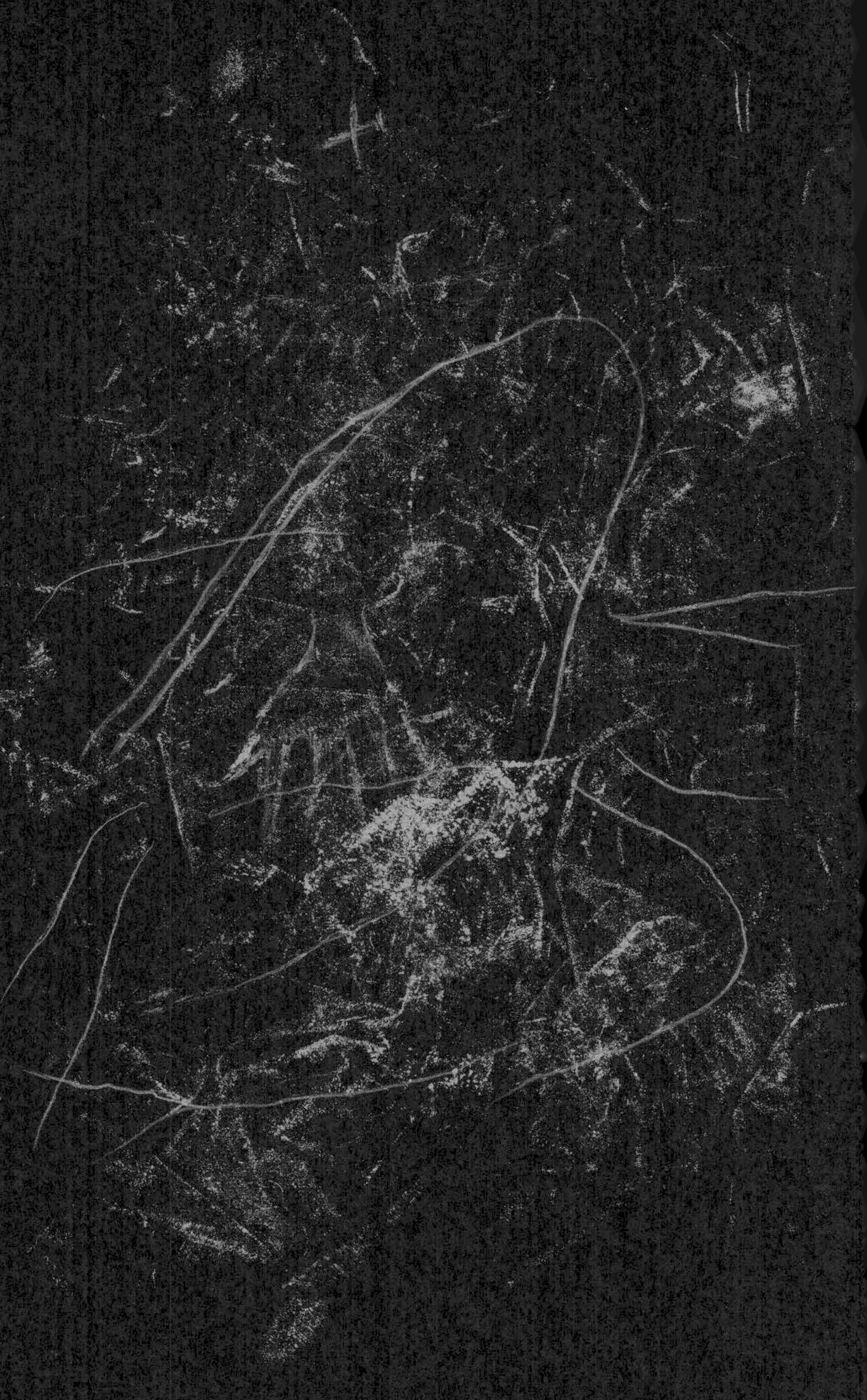

ふらんす堂

目次／蒼い陰画

I

意識 …… 8
黙示 …… 10
かまいたち …… 12
廃園 …… 14
月 …… 16
悲劇 …… 18
降霊術 …… 20
一夏 …… 22
森林の夜 …… 24
駅 …… 26
島影 …… 28
光景 …… 30
闇の祭 …… 32
混沌 …… 34

暗示 …… 36
叫び …… 38
黄金 …… 40
新興 …… 42
階段 …… 44

Ⅱ

幽霊 …… 48
指紋 …… 50
歴史 …… 54
化石 …… 56
牧神 …… 58
刻印 …… 60
象 …… 62
仮面派 …… 64
夜の子供 …… 66
本能 …… 68

楽隊……70
一夜……72
ロマネスク……74
ドラム……76
めまい……78
未来……82
茶……84
鏡……86
ロジック……88
神々の黄昏……90

Ⅲ

薔薇の時間……94
追憶……98
神話……102

詩集

蒼い陰画

挿画・森　信夫

I

意識

多大な雲の容積に灰の像が重なる
黙示が遺る　追憶のように濁った残照
——エメラルドの奇跡的な粉砕
光の肉の深く複雑な皺
雨もなく
円形の氷が水泡のごとく漂白する
頬の傷口がもうひとつの唇となり
それらの淡い冷却度を舌先ではかる

ガラス玉の風景
そこに指紋をつけてはならない

なぜならつけるまでもなく
繊細にどよめき崩れてゆくだけだから
瞼におおわれてもいないので
それはごく自然な摂理なのだ
希薄な硝煙のさざなみが表面を擦っている
そのしみいるような静かさに怯える幾千万の粒子の氾濫
薄明の夢の濃縮が
遠い叢林の狂乱をあおって青く染まる

――伝説はもう人々をとらえることはできない
空洞はわたしにもある
そこに切ない青空がしきつめられたりあるいは
銀に近い清潔な層雲が訪れる日もある

窓辺
わたしの脳髄で
ガラス玉は鈍く痛む

黙示

擬音の波動になぶられて
終末の午後わたしは
石像の前で断層の落差に身体を傾かされている
吸いこまれる赤い砂の
こまやかな陰翳の粒だちのさめた失墜を
劇しい楽器に託して喘いでいる
反動かあるいは磁気のいたずらか
離魂のように空が球形に歪み
歯茎に体液が凍りつく
記号の行進が
雲の層からあらわれる
日々が過失として語られるのだ

かまいたち

渇いた喉の奥に
閃めく光があり
まるでそれは恩寵のように紅く
肌を火照らせた
道端で深夜
彼女のその不意の裂け方は
必ず南洋の孤島を喚起する
土民の奏でる太鼓の音が
首筋の傷口から聞えたので
真夜中の舗道で
彼女は夜明けまで踊らねばならない

廃園

気圏の彼方で雨が降っているというのに
命の樹はただ葉をそよがせているばかりで
傷口のような雲を照らす残照の
血の風からは微かな羽毛のゆらめきを感じた

どこからでもなくどこからか
逆転する運命の
人をみちびく音が聞えた
それは霧よりも濃密で
平野を歩む人の背を照らす
なぜか地表は冷えて

記憶に残っていたはずの喧騒も絶えている
地殻が割れて
そこから別世界がひらける夢を草の上で見て
眠りから醒めたら
空の青い肌が腐っていたのだ
その寂寥は言語を絶している
楽園には
灯がまたいくつか増えてはいるが
だからそこは荒野なのである

月

微熱を発して明るむ円い鉄板が
僕の夜をゆっくりまわる
ゆっくりまわっている
とても行儀よく
澄みきったひかりの韻律《リズム》を保っている
そのしたの町は灯もなく陰鬱なのに
夜の円いものは楽しげに軽やかな音をたててまわっている
いつまでもいつまでもまわっている

悲劇

酷暑で羊はすっかりひからび
どの園も破れた唇を曝していた
白く解きほぐれていったあの網の目状の雲も
この惨状についてはただ香らぬ花びらの群れを落とすだけだ
とても巨きな背よりもあるかすかな破局が憂わしいこのひとときに
被膜のかかった白い昂揚感が遠くでひとかたまりの雲をねり
遍在するかたくなな青い植物の尖端が
大地のひびわれたなかより頭をもたげ
膨らむ蕾から
しきりに細かい血球を吐き出す
あるいは——

この寓話を
物語を顕示するため
地軸が微かに傾く

降霊術

準備された世界の片隅で
死者も蘇らない墓地の地下牢で
数人がテーブルを囲み中央で手を結び
この完備された悪夢の意味を
物語を語らせるため
ゆっくりと躰を揺りはじめる
蠢動する手の輪
奇体な環形の潜在意識の
その輪の中心から
形成されるイマージュ
生物のいない空洞
もうひとつの準備された世界の陰画《ネガ》が浮上する

一夏

屋根瓦が雨に打たれて
暗い夏が雲の島々を大いなる見えない渦にひきこむ

ざわめきが胸の奥でたかまる

砂が模様をつくっている
不思議な廻廊持つ三角錐の塔が先端から液を流す

静脈のなかにごそごそうごめく謎
動物のいる風景
繊細な木理もつデスマスクのかかる壁に

未完成の建造物が崩れ倒れる
その暗い夏の現象は
透明な熱をおびて病気をめぐる

森林の夜

寡黙な湖水の夜がくる
内閉された思惟が
青い霧を降らすと
溺死者の影が浮ぶという伝説の湖水が
凍ったようにはりつめた表面を闇に密接させた
ふかい流れの消滅が淡くおおう
過去の斬死が行われるような
ながい月あかりのくだが垂れる
その裡で不意に
巨きな蟬の羽根のような何かが
にぶい虹を放ったのだ

梳る長い女の髪のようなものが流れたのだ
湖水はそのとき氷河だった
光線の範囲の視覚が病んで
うっとりと何かを隠し去った

駅

高層ビル群のあいだをかかる高架線に
ひとつ駅がある
目もくらむような高さのそこに
無人駅がひとつ　ある

わたしは
その駅に
立ってみたかった
行き帰りの満員電車の中で
いつも思い
その駅を注視する

だが
一度も
どの電車も
その駅に
とまらなかった

雑踏でごったがえすはるか上
空の中に浮ぶ小さな無人の駅

無人の空に
駅があるということが
そしてそこに一両も電車のとまらないということが
日々くりかえし通過するわたしのどこかを
狂わせていく

駅

島影

島影には深層がうずくと言う
あの人の部屋は緋色の舟のようにゆらぐ
この青いかすかな点のかなたには
余韻のある島の存在が認められたが
さだかならぬガラス細工のうねりが　共同の
すでに非存在の方へと押しやりかけている
まぶたの刻印が緑野であるように
消えかかった二重像の夕日が
あの人の背骨の影をきざんだ
そのどこかしら悲壮なのに
島影があらわれるという

この部屋はあの人の意識にむかって漂いはじめる
露骨な像をくるんで
無限に深層の方へ遠近法を傾けた
《島へ》

なぜかあの人の外套には袖がなく
櫂をこぐ手を切りすてる断罪衝動のためらしく
まるで今あの人の手はわたしの目を押えている
島影のかたちを溶かすために

気づいた時は光りが濃くあの人の眼をつつみ
安らかな時間
この部屋が
ふたたびゆらぐ時にそなえ
盲いた犬を呼び
あの人の背に抱きつかせる

光景

切りきざまれた光が病的に海にちらばる

奇妙に明るいその風景の端で
交じわった空の雲々が
暗黙のうちに凪を払う

磔刑が行われたあとの神秘だ
文字は知恵の輪さながらに浜辺でからみあっていた

ながれるものすべてが呪いのように見える少年には
汗ばんでいく不安な雲のもりあがりが静かすぎた

闇の祭

超現実的な豹は去った
街中では火が焚かれる
夜が憤おろしくさまざまな輝きに充ちる
燃えやすい人々の笑いは影にあふれ
なまめかしく
深層の初夜を祝福する
この淫らな祭の
猛々しくそして喚起的な
頌歌の響きが暗室のような今宵の空気に
古代を捏造した
辛い神経の昂まりが

人々にマスクをつけさせ
開け放たれた家から家をはねまわらせる
そして夏が
激しいきらめきにみちて誰かを殺しにくるのを
かすかな興奮の熱度をもって息づかせた
今日の歩幅が
昨日の歩幅と合わないのを気にしながらゆっくり娘は
ほほえんで仮面祭の広場へ足を運ぶ

混沌

一面果てまで何もさえぎるもののない大葦原には
茫漠とした流動感だけが漲っている
暗鬱な幻影だけが浮遊している
単調でいて実に複雑微妙で深遠な未知を孕んでいる
荒れさわぐ草々の裡に未来を嗅ぎとった少年たちが
捕虫網を手にしてこの広大な流動に渦巻かれたまま
死んでいく
死んでいく風が
風そのものの裡に余響を残して
深々と身をうねらせる大葦原の窪みへ濃縮される

その暗い穴から聞えるのは
あの遥かな大葦原の
空虚な韻律ばかりである
静かすぎるようでいて
荒々しく充溢している不思議な世界
――さあ　今日はもう遅いから
穴にもとどおり眼をつめて箱にしまおう

暗示

その夜屋外は不思議な光彩で染められた
人々は微風を受けながら空を仰いだ
奥深く荘厳な闇の底から照射された神秘

慄えながら暗示の品位は保たれた
紫の光りが粉々にくだけ散ったあたりから
さまざまな万象の構成が瞬時にして完遂する
命脈が路地で輝く
太陽の黒点が分裂していると巫女が告げる

霧につつまれた船が沖にあらわれる

——〈言語の喪失された瞬間〉——

叫び

夜の町の一角で叫びがおこった
続いて次々にあちこちで叫びがおこった
町中叫びでみたされ
さえぎり過ぎかかる細長い雲に月がうっとりと眼を細めた
何が起こったんだ⁉
おい、どうしたんだ‼
口々に叫びは怒りをおびて眼に見えない怯えに向かって吠え猛る
風が一吹き強く街路を疾駆して
遠くの断崖が浮びあがった
高く空に切り立った忘れ去られていた断崖が
巨大な船の舳のように大きく浮びあがった

黄金

白い石でできた街は静かな構造自体が感覚である
凍りつく瞑想の音自体が光線である
泉の燦爛とする地帯に金髪の女が顔をあげ微笑する
彼方の王国が発光したことがあるのを想い出した
翳になって誰の顔も見えない
真昼だというのに
静かな涼しい黄金に染まる時刻
メカニカルな馬が通過する

新興

均等な顔たちが整然と並ぶ夜の窓の群れ
を斜め上方に感覚してわたしは
ニュータウン街をぬう人一人いない地下鉄のくろい階段をくだった
改札には駅員がたったひとり向うむきにすわっているだけで
薄明るいホームには全く誰もいなかった
レールは仄かにそして鋭く
綿々と続く夜の中の地下である真正の闇をつらぬいて
黙って足下を流れていた
わたしは奇妙に冴えた頭と眼で
闇の中からトロッコがあらわれ通過するのを
ごく平然として眺めていた

トロッコには誰もいなかった
こんな人工的な闇に
いかにもふさわしい現象だ
と　笑い
レールの中央で一本の風車がまわるのを
見た

階段

空地には階段があった
青空へ向かっている鉄の階段
しかしそれはべつに天国へ続くわけではない
取壊された建物の側面に付随していたのをはずしたものだから
当然数十メートル先の途中で終っている
その先はない
そうした事実を知っていて
男は黙って階段を昇った
だからといって何の変哲もない風景を眺望するためなどでなく
ゆきどまりから飛び降り自殺するためでもなく
どこまでも階段の続くかぎり昇ってみるだけなのだ

途中で段が終っているからといって階段が終ったことにはならない
そんな通俗的な意識に彼は少しも与しない
ビルの一階から昇っても決して次の二階に出るとは限らないし
昇っているからといって降りていないとは限らないのを体験的に熟知している
したがって階段が視覚的にそこで終っているからといって
それ以上進むとまっさかさまに落下するなどということは
百万分の一の偶然にすぎない
百万分の一の偶然を気に病んで生きていたら何もできない
男はゆきどまりの三段手前まで昇った
そこからは町のありとあらゆる風景が見渡せた
雲が間近に感じられた──
しかし男はためらわずに先に進んだ
一歩　二歩　三歩………
それから彼はどうなったか誰も知らない
その場に居合わせなかったからだ
ただとりはずされた階段が空地にあるだけで
それがどこにも続いていないのを知っているだけだ

Ⅱ

幽霊

時間のやぶれめから　液化した霧状の空間が垂れ　ひとはそれを幽霊と呼ぶ
鏡の中の鏡の中に映るそのさだかならぬ気体のいろを　射しつらぬく琥珀色の
光線　つまり虹の段彩を彩色するまえの空白　微粒の渦が白装束に変わる　そ
こに何が映るか　殺戮と夢のようにあかるい火花の数々の季節にぬりかえられ
た生物体のひずみ　地球の律動をうしない　呆然と立ちすくむただひとつの
竪琴《リラ》

だから人は演技する　この湧きたつ風のたかまりの夜　いくつもの幽霊を呼吸
して　何千年もの堆積された心の沼地をひろげる　夢みる睡眠者を演技する
粗い粒子のとびかう陰画《ネガ》をみている　鼻息から今首の折れた霊を吸いとって
極限までゆく砂地の夜明けが額の上に浮んだ

影から影へ　不安な自然の繰りかえしを避けて　辺境に過ぎた湖面の痕跡があり　理想の残滓を消していく　化石で組み立てた家々に遍在するのは太古の儀式を司った仮説の灰だ　余韻もなく　吐気のする真空しかなかった　この風景はひとびとの心性を決定する　つまり　日常を

今宵この個室で食卓《テーブル》から寝台にかけて　判然としない朝がくるまで螺旋形の幽霊が支配する　鏡の表面に影を敷くまでもなく　はじく音　踏む音　息苦しくする音が支配する

指紋

指紋のうねり　流動する細胞のつらなり　なやましそうにかきみだれてその線に沿うてたちのぼりゆらぐ感情のさざなみ　うねる指紋の形態はいつもそうだ　ぼくが目をくっつけて見ているとぼくの気分をそのまま映しだしてするすると位置をずらしはじめる　彎曲した部分が別のところへ渦を巻いてくねっている　ぼくの指紋　それはぼくの心象にしたがって波立ついのちのうねりだ　砂漠を無限に彩る風紋のようだ　ふうっと息を吹きかけたら魔法のように形づくられてしまう象形文字　この暗示をどう解読したらよいものかぼくは悩む　しかしそれはぼくのこころの鏡なのだからそれを問うことはじぶんのこころをつきつめることに循環してしまう　ああまたうねっているこんなにもはげしくぼくの苦しみを何よりも的確に映しだしていることを強調するように　上昇していく流れの束がぐにゃぐにゃにもつれあってひしめきあってしまった　これ

はまことに悲惨なできごとだ　ああなんて暗澹としてるんだぼくの気分　虫メガネを用いるまでもなくその紋の身もだえのせつなさは官能的なまでになまなましく伝わってくる　この掌のうえの恐慌をだれがおさめ得よう　とんだ脱線事故　この線の惨状の語るとおりぼくの精神状況はかなり深刻なのだろうかかなしい気分なのはわかるがそれ以上はじぶんでもよくわからない　屈曲した流れの行方を追うとのびた爪のあたりでカーヴを描きぐるりと一周しているそしてまた痙攣を起したみたいなくねり方でくねっている　ぼくは不健康だこんな得体のしれない微細な運動にとらわれていること自体がこのようなみにくい指紋を刻みつけたのかもしれない　しかしながらどうしてぼくのこころはこんなにもすさんでしまったのかその原因はぼくが存在していることとそのものにふかく関っているらしい　その見えないふかみからまるで哲学的衝動のようなしつこさと柔軟さにみちたこの指紋のあえぎが聞こえるのだろう　おう何という微細なるもののひたむきな激しさよ　このような激しさにあまねく体を弄ばれながらひとがまったく気づかずにいるというのはぼくのこころよりももっと不思議におもえる　ああぼくは不健康だ　こんな見てはならないようなものに関ってしまってじぶんの存在感覚そのものが常に指紋のようにうねりっぱなしだ　そのうち脳細胞までがこんなにもつれてほどけなくなってしまうのだろ

うかそれとももうなっているのだろうかああわからない　ぼくは不意に発作にかられて大渦を巻いている指紋をつまみひきはがしていった　こまかいイトミミズのような線がとぐろを巻きながらはがれていった　どんどんどんどんぼくははがしていった　ぼくのこころのうねりをはがしていった　とうとうぼくの指の表面はつるつるになり指紋はなくなってしまった　ぼくは健康になった

歴史

雲の残骸のイメージがゆっくりとわたしの部屋に充溢している夏の午後　反響をよぶ街路の石に囲繞された世界のまぢかで子供たちの砂山が崩壊する　降り注ぐ眼に見えぬ荘厳さのうちに光の感触が広場の地面で濃くなった　さらに眼に見えるものから眼に見えぬものへの孤立が告知される　わたしは雲に咀嚼された状態で供述しなければならなかった　あらゆる映像の輪郭の錯誤による形態《フォルム》と共に紡ぎだすことにより掌握された悲惨な古代の情景を　わたしは訴えねばならない　意味もなく崩れた砂山から　顔をあげた子供たちの白く光る額とそのしたの陥没した闇の眼窩を　その濃密な暴力の剝きだした雲に五体を弄ばれているあいだにも苛酷な静かさのうちに支配された時間がかつて誰の視線によっても収められたことのない土地の一劃へ意味不明の言語を刻印する　それは恐怖とともにわたしの脳髄に知覚される　増えつづける過剰な霊が豊麗な

動植物に更新される　秘密として誰もが感覚する視線の錯交した地点で娼婦の
笑う家が幾束も声をはねかえらせた――わたしはゆっくりと個室で溺死する

化石

水葬にされた者の幻影が瀟洒な市街の空を降《くだ》ってくる　入り乱れた刃傷にささくれ立った全身を能うかぎり縮こまらせて　歌う彼女たちのそばに音もなくおりたち　普遍的な日没の微笑にほほえみかえす　不安なほど晴れた青暗い空に鳴りわたるギターの和音　娘たちは驚きにはなやいで両手で頬をはさみ声をあげる　これら多くの眼が隠された建築の数々　黄いろい残照の色に刷られた路径におりふし流れるともなく慄えるとしても　偽造された視覚の圏内ではいつも人影のように花がゆれている　こみあげてくる静謐にみちた感情で通過すると高い鐘楼の鐘も日向の裡　訝す　不吉な眼つきの花売り娘の影が長くのびた広場に風が繊細な砂をかきみだし顔を描く　自然発生の顔　その見えない輪郭の無数の組合せでこの街が・世界が造形されているらしく　その顔は砂の陰翳により微妙に薄暗い——立ちどまる子供の影がおおい消してしまう　その時蒼

深い中空が不意に割れくだけ　破片を飛散させながら熱紅したものを吐きだす
（空が割れた………）　それを遠い世界の出来事のように街は相変わらず静まり
かえっているが　その吐きだされた熱い溶岩のようなものが瀑布となって遠方
の地に荘厳な紋様を描きながらしたたり落ち　やがて緩やかに襲来してくるら
しいのだ　女神形の建築にまずその兆候がゆっくりとあらわれ薄い罅が走る
長く尾をひく余韻にみちた鐘の音が視覚を淡く液で濁らす　街は長閑なまま建
物や路上や馬車や佇む人々に罅を刻みつけていた

牧神

蒼く壮麗な夏　あの人は駈けてくる　毅然とした身のこなしで地上の方位を定めるために　共同の空や海や花や風を弓で射る　うずくまる娘の血塊でふさがった眼をも射る　あの人はさながら自由の鋳型のようだった　燦爛と遠方で発生しつづける夏の白雲よりも気高く　優雅な美にみちていた　あの人はどこからくるのでもなく　清水のほとばしる渓谷のかげ　あるいは動物の骸が横たわるほら穴の前で　突然のように啓示となる象徴である　森羅万象がさまざまな角度からの美の交錯・至純のコントラストのはざまを駈けぬけて　遠い古代の心象へと限りなく近づいてゆく　あの人の駈ける姿　あの人の息づく音　あの人のたった一つの眼が　単音を奏でる質朴な生の凱歌をそこかしこにベールとして舞い散らす………

永い錯覚のあとで　人は疲れ果てたまなざしでその明るい悪夢の余韻を味わう
のだ　発達した都市の監禁室で

刻印

夜が空白感の占拠したそれまでの風景の情緒を狂わせ　静まりかえった路上のむこうから爪をあげた裸の女を疾走させる　二重三重にぼやけて見える路面電車が轟音をたてて通過するこの市街地には白い顔の人々が住んでいる　団欒の時は家族全員沈黙して人形のように正座し　薄暗い室内で物音もたてず食事を終える　冷気の充溢した表通りではそれでもまだ幾人かが微かな靴音を忍ばせている　街灯のある敷石道で女の子がしゃがみこみ暗がりにむかってひとりあやとりをしている　昼間路地裏で顔の大きい男に凌辱されたので帰れないのだ

どこかの家から古いアコーディオンがたどたどしい童謡を奏でている　白い顔の少年が唇をぬって家と家の狭い隙間を背筋正しく歩く　正面の五階建のアパートは窓という窓に身じろぎしない人影がうつっており　階段口で老婆がすわりこみ玄米を一升瓶に入れて棒で突きはじめる　通りでは僧衣姿の行列が蠟

燭を手にして教会へ礼拝するために向っている　そこから少し外れた場所に陰になっていたが一体の自殺体があった　少年は排水路に架かる板の上を歩いて通りに出る　行列が行ってしまったあとのすっかり深閑と空洞化した夜の一帯を見渡す　月が輝いていた　異常な明確さで円く空にとまっている　冷気に身ぶるいして少年は自分の部屋に戻るべく小走りで通りを横切った　突然かたわらの暗闇から裂くような強烈な轟音と共にプロペラの猛回転する飛行機がすすみ出た　少年は轢かれて倒れる　遠ざかるプロペラ音を聞きながら少年は静まりかえった暗闇に白熱する閃光・その夜の刻印を見た

象

聖堂前で象は立ったまま死んでいる　あらゆる流れという流れが存在せず　樹木は垂直に静止している曇日に　鉛色の深く広大な象という名の歳月は荘厳な歴史の地図を皮膚という皮膚に刻みつけたまま死んでいた　支離滅裂な皺の錯綜からながれおちる水滴により雨のはじまりが告げられ　次の瞬間は豪雨である　豪雨のなかでも象は倒れない　一切の睡りを拒否した行者のごとく　むしろさらに鋭利に研がれた見者の意識を充溢させて　姿を拒んだ姿のままで　ある法悦をつげ　薄紫に輝きだす　しかも流れは永劫という渦巻の形を採らない　むしろ寸断された束状の線を望む　そこでも象はただ深い睡りの形で岩石を倣うだけである　噴出される溶岩　そこから無数に産まれだす掌大の小さな象　それらはそれぞれの絶壁まで流され　落下するでもなく引き返すでもなく　その地点で消滅する　この経路を辿り　皮膚に刻まれた地図は無意識により作

成された　歩いてる象　悩んでる象　まわってる象　裂かれている象　いくつもいくつも象が粒子となって肌理を構成している　ある惨苦が予感としてうねっても　ふたたび命脈は閉ざされない　死んでいる象のむこう　雨の線にさえぎられているあの円屋根はむしろ奇妙な空白感を発して聳え立つ　あるいは尼僧の欲望として　獅子の面貌が飾られる　深遠な宇宙の潮流　しだいに溶けだし　糸をひいて消えてゆく一つの守り神の言語が不断に醗酵しつづける空間

祈りという祈りが波状の運動をつづけてひとつながりの彗星となる暗喩　破裂しつづける隕石　微かなささやきのような音が無数に交錯する深淵　それら蒼暗い炎の中の出来事　幾億の光の溶岩が押し寄せる銀河の片隅に象は立っている

仮面派

家々の箪笥からその朝　仮面派の人たちが登場する　グレーのトレンチコートを着て石膏のような顔面を襟でかくすようにして　淡い陰翳で彫琢された天井いっぱいの微笑が透明なざわめきでみたす　家族はまだ目ざめない　不規則な運動をくりかえしながら蝶の飛び去る長い廊下のむこうの闇に　おとなしい猫が黙っている　屋外はもう光ってる　そうした静寂《しじま》のなかを　仮面派の人々はパントマイムの動作で部屋を出　階段を降り　ドアをあける　静かな子供の世界が展けている　雲は多かったがくまなく光っていた　木の枝の蜘蛛の巣が鋭利な輝きでゆれていた　こんなにも凶暴なほど網膜を刺激する世界を仮面派はかつて見たことがない　何故なら彼らは家の壁の狭い裏側で発生　常にこの家屋におけるどこかの《裏側》に存在しつづけてきたのだから　そのため丸い縁に宝石をちりばめた色眼鏡をかけなければいられない　夜明けは深まりつつあ

る　並木の下で彼らは休息する　大理石の美しい彫像に光線がはねかえり白く染まりだす　《母の国》を旅する夢から醒めたばかりの長女は二階の窓から敬虔な想いでこの情景に見とれていた　風が誰かの記憶のように光の内部で消える　映像の氾濫する脳髄のきしみで眉間がほそく裂ける　仮面派は顔のうらがわの空洞に風の音を充溢させて丸太にすわっている

夜の子供

廃屋同様のバラックに夜毎集まる子供たちは何もしゃべらずに笑いながら遊びまわる　昼間自分らに圧迫感を与え続ける世界が視野から消滅したので　彼等はこの上なく自由だ　周辺にちらばっているがらくたを思いのままにもてあそんで闇に興奮する　一人の男の子は屋根のてっぺんにのぼり鼻をつまんで落下する　孤独なサイレンが鳴りひびく時刻には流星が現われる予定なのだった　子供たちは大人の知らない夜の香気というものを嗅いで秘密の部分を成熟させた　だからいつまでも手をつなぎ輪になってほほえみながらまわりつづける　運命の恐怖を忘れるために　灯はいらない　跳んだりはねたり　昼間知らなかった自分をみつけ　遠い街からでも暗黙のうちにやってくる見知らぬ仲間が増えていく　子供たちが集まるようになるずっと前から　バラックの二階の窓には白い顔が現われるのである　決して人目に触れることなく現われる白い顔

全くなんの意味もなくただ窓にそれが映しだされては消えるように　子供たちもやがて消えてしまう自分らおのおののさだめからひとしきり自由になれる気分でいっぱいなのだ　遠方の沖の黒い波の壁が静かにもりあがり　時間というものの投げかける影に変わっていくのを眺めたりしていた　そんな彼等を苛酷な光にさらすのは　この上もない原罪への懲罰なのであった

――遠い沈黙の歳月のなかで　子供は夜の記憶の底へと沈みながら成長する

本能

やどかりのように砂を這うその謎めいた掌の指が　夏の光の中で真黒な塊となりどこまでも私を追ってくるようだった　昼の浜辺には私一人しかおらず群青色の空を背にして俯伏せに横たわっている私に向かってそれはあまりに静かな波打際に沿って少しずつ土を掘り返しながら進んでいるのだった　今朝私が見た天使の白衣はばらばらにちぎれて風にさらわれ凪いだ海面の上を漂っていた

夢の中でのように今はもう天使である彼女の笑顔も曖昧に溶けかかり覚束なかった　群青の空の奥で見開かれていく透明で巨大な眼が無限に声を失った輪唱を幾重にも舞わせながら落としたあたりに　キノコ状の薔薇の群落が一斉に発生した　そのような秘儀におおわれたこの世界にあって　突き出す波の一つ一つ　私の呼吸の一つ一つがこうしたもろもろの秘儀の昇華として発酵した片鱗にすぎぬと誰が言えよう　蠢く指の影がのたうち私の背に這いあがっていく

その時私の言葉は何者かに盗まれていた　ただなすすべもなく呻くばかりで獣のように跳ねるしかなかった　脳髄の中心で誰かが灯を照らし私の両眼から光線が放射された　そいつは脳の陰に無造作に腰をおろし灯をくるくるまわしていたずらっぽく笑う　断崖から聖書が燃えながら落ちてきた　とても遠くなのに疾風に荒れ騒ぐ海面が異常に拡大されて私の耳だけに響く　高貴な石の巨神がその底からもりあがり現われるからだった　薄く溶けていった暁の発光が溢れていく　薔薇たちは花びらを大きく開いたり閉じたりして咀嚼し凶暴に餓えている　私の口から海が溢れる　それは神話だろうか　嚙み砕かれた天使の骨なのだろうか　私はただ海を吐く一個の口となり永遠にものを言わない──磨かれたもう一つの時間が甦えるまでは

楽隊

昼下り　人通りの少い団地に楽隊が訪れた　規律正しく足並揃えて行進しそれぞれの顔を白く化粧していたがちんどん屋ではないようだった　トランペット　クラリネット　シンバル　ドラム　それぞれリズムのいい調子を刻んでマーチを合奏していた　黒のスーツに身を包んで姿勢正しく列をなし今遊園地の砂場を横切ったところだ　団地は誰も住んでいないかのように静まりかえっていた　時々捨てられた犬か猫の小さな影がふっと現われては消えるだけだった　楽隊はそのような明るい不吉さにも物怖じしない　大いなる破綻の予兆は堅固なマーチの楽音によって表出され吹奏楽器の黄金の表面に燦爛としているから　彼らが何処から来て何処へ立ち去るのか誰も知りはしないように　破綻がどの方角から来てどの方へ掌を広げ連れ去ってゆくのか住民は誰も知ることができない　鋭利な時の感覚を携えて楽隊は団地を一

周すると中央の芝生に整列して立ちどまり　最後の一小節を奏で終えてから

そのまま身じろぎしなくなった　無数の窓の陰から息をひそめた視線が注が

れて　真昼の空間はそこで凝結してしまっていた　数かぎりない窓の奥で見

つめる人々の物を嚙む微かな音だけが交錯しあって卑猥な響きをたてていた

　そして楽隊はいつもどおりバラードを立ちどまったまま演奏し始めるの

だった　それは物悲しく哀切な響きに溢れていた　無造作な嚙む音に囲まれ

てその発現する美は侵犯され犯されていた　どこかのジョッキの氷が陽光を

浴びて溶けてうごく固い音が微かに鳴り　やがて楽隊はまたマーチを奏でて

もと来た方向へ行進し帰りはじめた　ねとねとする油っこいものを室内で嚙

む中年女は楽隊はいつ来るだろうと思っている――それは明日かもしれない

し来年かもしれなかった

一夜

深夜の薄暗いマーケットで一束の時間を包んでもらい買って帰る　帰途我慢できなくなりその包みを解いてしまう　するとぱたぱたと数億の雀が飛び散って夜空に渦巻く　わたしという一個の人体がそれで打消されてしまったもののようだ　電柱の横に顔中小鳥の頭部で埋ったシルクハットの男がステッキを手にして立っている　わたしは下駄を強く鳴らして家に駆け戻る　蒲団にもぐりこみこの責苦を耐え忍ぶ　深夜である　柱時計が重厚に鳴り響く　窓からは飯屋の提灯が街頭に浮びあがっているのが見える　その傍らには巨大な鎖につながれた狂女の裸身が暗がりにうずくまっている

ロマネスク

孤独には永遠の図形というものがある　いわば永遠の孤独が絶対であるように　それは各自おのおのの感性によって千差万別であるが　いずれにせよ全ては白亜の図面よりはじまる　それは最も抽象的な空間　決して三次元へと独立しない不可能の空間　点と線だけが棲息する超無機質の空間　誰がここを訪れるだろうか　精神のないこの平面において　孤独だけが確かに存在する　一切が白からはじまり白で終わる世界・白が絶えたところから白がはじまる空間　このように苛酷な世界の顕現によってはじめてわれわれの存在が開示される　あらゆる世界の苛酷の根源となる　だから人はそれぞれ自己の意味を数千年・数万年後に向かって開かなければならない　それが菱形であり台形であり二等辺三角形であり　または未だ創造されない図形として深化される　永遠に無表情な世界がそこに拡がる　かくて物質は硬質に光り輝き　あなたの眼もエメラル

ドに燦いてまわっている　襲撃されたあとの廃墟の砦で　崩れ残った建物の壁のむこうとこちらで　二つの世界が隣接しあい　あなたと僕が向かいあっている　あなたのエメラルドの眼のまわる笑顔を　僕は抛物線の記号《シーニュ》のある平面に閉じこめて永久にこの別離の記念として照射したい

ドラム

全く誰一人客のいないその深夜の会場ではまだ年端もいかない子供のようなバンドボーイが目をぱっちり見開いてゼンマイ仕掛けの人形みたいな仕種でドラムを叩いていた　規則正しくではあるがたどたどしく稚拙な奏法で叩き出されてくる音をにっと白い歯をむきだして無造作に響かせ続けていた　それは周囲の暗黒へと数珠つながりに遊泳して溶けてしまう　彼の居る所には誰も観客のいない一人舞台にスポットライトが照射されているだけだった　厖大な闇が唯一の観客だった　そんな彼を客席の側から眺めるとドラムのむこうにかろうじて頭だけがのぞいているふうに見える　実に可愛らしい丸顔だけがやや上向きになってのぞけている　なぜなら彼は極端に背が低く五歳の子供くらいしか背丈がなかったから　そのためバンドの中で演奏する時はひどく目立つのだが今は彼一人の演奏会なのでそのほうがむしろ自然に見える　彼の音の組み合わ

せ方は至って数学的だ　情緒が欠如しているというのか奏法がありきたりというのか極端に機械的で無味乾燥である　その音のむこうでぴょこんと突き出た彼の頭があっちを向いたりこっちを向いたりしながらおどろいたような笑顔でいるのを見ると　それが何か暗い運命をほのめかしているように見えなくもない　楽音はさっきから同じフレーズを繰り返している　あるいはそれは最初からそうだったのかもしれず未来永劫たどたどしく響きつづけるべきものなのかもしれない　いずれにせよ彼の長い単調な演奏は彼の死によって完結するだろう　ことんとうしろに仰向けにひっくりかえって　笑顔のままだ手はステッキを持った状態で動き続けて　割れた頭の一部分からはバネがはみだしてゆれたりしていて――

めまい

公園の側に建てられた高層マンションの屋上までエレベーターで上ると屋上の柵の隅っこに顔の中央に一つしか目玉のない男の子が立っていた　数多く干された洗濯物が夢のように白くはためいているまだ涼しい午前　男の子は半ズボンを穿き可愛らしい蝶ネクタイをしめてほほえんでいた　私が近寄ると顔の真ン中の目玉をうれしそうにまばたいてみせた　干されたベッドのシーツが時折巨大な女神のヴェールのように大らかにゆらめき男の子の姿を隠した　私はそのほんの数秒のあいだに彼が消滅しはしまいかと気が気でなかった　再びシーツが退きちゃんと男の子が立っていることがわかると大きくため息をもらすのだった　男の子のむこうには網の目状の高い鉄柵が設けられさらにそのむこうはまばらに白雲の散らばるおだやかな空が広がり遙か下方には模型みたいに現実の町が横たわっている　しかしその男の子はそれらのうちどれよりも際立っ

た存在感を持ち太陽のぬくもりを浴びてじっとしているのだった　私は彼との間に暗黙の了解——もしくは深い啓示を受けてゆっくりと近づき　互いの息づかいがはっきりと感じとれるほどの距離にまで達した　その理由のない奥深いところから見開かれた目がじっと私の顔を吸いこむように凝視する時　私の心臓はどこかことは別の場所で発生する動揺を再現して激しく鼓動するのだった　そして私がほんの通りがかりの入ったこともないこんなマンションへなんの気まぐれかふらりと立ち寄って　わざわざエレベーターで屋上まで来てしまった由来のわからない動機が無限に語られることから遠ざかり失墜していく言葉によって明らかにされるのをはっきりと感受したのである　それは私という一つの存在を一個の空虚な容器にまで感覚的に純化させ　限りなく周辺におけるもろもろの物質の感性へ接近させかつて体験したことのない意識を私の細胞のひだというひだに刻みつけるのだった　私はうっとりと自失して男の子によりかかるように手をのばした　それからのほんの一瞬間の出来事はもう私の了解しうる圏外に属していた　おだやかだと思われていた光線が一陣の鋭い錐のような束となって私の背中を射しつらぬき　そのショックで手をのばした男の子の方へ倒れこんでしまったのだが　男の子はあの深い目をまばたき一つせず倒れかかる私をよけて横にそれた　すると男の子の立っていた鉄柵の部分は

大きく穴があいており　そのまま私は頭から穴のむこう側へ突っこんでしまい
　太い光線の束と男の子の目の魔術が渦巻く大いなるめまいに取り憑かれて
模型のような町へ――あのはるか下の瀟洒な舗道の方へと感嘆のような声をあ
げながら落ちていくのだった

未来

ある曇り日に芝生の丘を一人歩いていると前方の中空に金属質の球体が浮いているのを見た　それは動きもしなければ何の音も発さずに《私》に見つめられてじっと静止していた　土曜日の午後　私はたまたま近くの山林のあたりへ散歩しに出掛けたのだった　ここら辺はいつも人気がないので好んで出歩いた　気晴しに丘の頂から眺める彼方の山脈の風景は最高だった　そこで私は十数メートル上方に浮かぶその球体を見つけたのである　ちょうどその頃は風も絶えて近辺の林のざわめきさえやんでいた　球体と私の奇妙な沈黙——気まずい凝視が続く　しばらくして全く音もなくそれが移動してゆっくりと林の彼方へ消え去るまで　私は丘の上でじっと世界を凝視する　やがて私は未来について考える　未来を見たと思った　宙に浮かぶ一個の球状の未来　それは確かな事のように思われた　その思わぬ発見を私はこの近くに住んでいる外国人S・

J・スミス氏の所へ行って話そうと思った　丘を降り林を抜けるとスミス氏の別荘が見えだし氏が夫人や子供たちと庭先で歓談しているのが見えたが　そのすぐそばにはあの球体が五個きっちりと揃って別荘の窓に沿って浮かんでいた

茶

その夜遅く人通りの全く絶えた舗道を家に向かって歩いていると不意にうしろから声をかけられたのだった　ふりむくとそこにはシルクハットに黒ずくめのスーツを着た初老をとっくに越えたと思われる一人の紳士が微笑を浮べて立っていた「何か用事ですか?」と私は訊こうとしたが口を開くよりも先に相手は嗄れてはいるが上品な口調で「お茶を飲みませんか」と言って後手に持っていた急須を私に示す「お茶?」と思わず問い返したが老人は相変わらず温和そうな笑みを浮べているばかりで私の持つ奇異な感をよそにいつまでも急須をかざして立っている　私は早く帰りたかったのでともかく断わろうとしたのだがまったく妙な事に——その間の記憶は完全に途絶えているのだが——どういういきさつがあってかいつのまにか私は湯呑を握らされてい老人に熱い番茶を注がれていたのだった　暗黙裡に有無をいわさぬ〈力〉に促されるみたいに老

人の微笑の前で私は注がれた番茶をゆっくりと飲み干した　それから「もう一杯」と言ってまた老人が注ぎ　結局三杯くらい飲まされただろうか　いつしか私は寛いだようないい気分になっていた　そしてなぜか忙殺される会社での生活によってそれまで身についていた棘々しい気分が全く消え失せ　気がつくと私も老人と同じような微笑を満面にたたえていた　私たちは人っ子一人いない道の真中で微笑を浮べて向かい合い数百回となく噛んで含めるような言い方で「じゃ　また会いましょう」と繰り返し約束したのであった　「私はここにこうして立っているから」と老人は言い残して去って行った　それから数年の歳月が流れた　私は老人の事などすっかり忘れ去っていた　ところがまたある晩遅くちょうどその近くを帰っていると　柳の木の陰からあの老人がそっと歩み出てこぼれそうなほど歯をあらわにした笑顔で「ちゃ……」と嗄れ声を発して急須をかざした

鏡

広く誰もいない公園の鋪道はどこまでも広がる青い芝生にはさまれていて両脇に等間隔で真新しい鏡がやや上斜め向きに置かれ澄み切った青空を苛酷に映しだしていた　その斬新なまなざしの秘密を確かめるすべもなく私は一人道の中央を歩いて行った　かたわらを過ぎるそれらいくつもの鮮明な輪郭の夢魔がひたすら表面を輝かせ酷く青いのを私の意識は深い感応と共に認知していた　この道の果てにはドーム型の建造物が構えておりその背後には鬱蒼たる森があった　私はそっちへ向ってまっすぐに歩を進めた　建物の額に備わった時計は十時を指していて　私は随分以前にもこうして同じ所を歩きながらそれが十時なのを憶いだす――そしていつしか建物のすぐ前面に私は立っていた　ガラス戸を押しあけて中に入ると全体的に暗くがらんとして静かだったが　すぐ正面に見あげるほどの大きな祭壇があり　ドーム状の遥か上の天井にまで届きそうなほどの巨大な鏡がそこに祀られて暗い表面に何も映さず　立ちはだかっている

ロジック

広いその瀟洒な遊歩道に散在している人々は全て立ち止ったまま動かずにいた　正確な時計の法則が支配する午後だった　数年前日記に書かれた妄想と酷似している　打ち砕かれた鏡の破片が散らばって雑草のあいだにキラキラしている野原に意味不明の奇妙な標識が何本か立っていて　そのひとつひとつの背後に真黒な影と化した誰かが立ちつくしている　模倣が等間隔に繰り返される空間　雲一つない良い天気なのに誰もが豪雨の印象ばかり語り合う

　倦怠のように空の片隅に雲が発生しても　それらひとつひとつの細部を映し出す鏡の存在を証明しうるだろうか　白く輝くハンカチに目をあてて泣く女の無気味な追憶　確かにそれと感じられて触知される現在という迷路の悲しみ　けれども不毛な空の音響に託される孤立した無意識の静かなたゆたいを垣間見た時それらは癒されるだろう――映されるのは全くの闇だとばかり

思っていてもそれは完全な青空の反映で　道と野原の間の溝をまたぐ鏡男の
顔にすぎない事実をも同時に発見しながら

神々の黄昏

薄明海辺に降りてみると彼方の海上に曙の徐々にのぼりゆく速度と共に浮びあがる巨大な神々の姿があった　全長は雲に届かんばかりで司祭の着る黒く長い僧衣を身につけ生白い肌をした微笑を浮べ立っていた　その真黒な眼孔には眼がないかのようだった　夜明けの涼風の中を紫に屈折しながらけば立つ一面の波のむこうでそれらはさながら窓も出口もなく聳え立つ塔のように見えた　あれらは海の底から現われたのかそれとも天から天下ったのだろうか　いずれにしてもあの神達は古代人を霊性の漲る秘儀として畏怖させた最高度に発達したテクノロジイによって時空間は勿論の事自己内の精神を含む生命力をも無限に近く充溢させてしまったらしい　その出現は予期されてはいたものの余りにも突忽として暗示に富んでいた　それらによって海中深く眠る巻貝の巻き模様の秘密や折れまがりくねる海藻のエロスなどが語られ　さらには月蝕の奥義も球

状という形に託された無数の星々の根源も明かされる事だろう　日の出が孤独な幼児のように神々の隙間から何かを見つめていた　さざめく潮騒の蠢きとともにゆれうごき散乱する海面における光の破片が鋭く燦きだし　澄みわたった天上に一瞬不可解な影がさした　そして神々の足元からはみるみるうちに毒々しい赤に溢れた巨大な薔薇が繁殖し咲き乱れるのだ　荒れ狂う津波のような恐慌がそのあたりを覆っているらしくこちらにもにわかにその余燼が皺を生み打ち寄せて来た　まもなく遠吠えのような得体のしれない叫びが鼓膜をふるわし

海面が真二つに割れはじめた　その割れ目にむかって滝のように両側から海は流れおち神々が轟音をたてて遠のき太陽は沈んでいく――大いなる黄昏の時壮麗な金属体の飛行船が海面の裂け目から浮上する

Ⅲ

薔薇の時間

その町々には刻々と暗闇を占有する無意識の領域が拡大しはじめている
形式が徐々に鮮明になり　町ゆく人々の顔にもくっきりと明るく輝く光の部分
が深く浮き彫られる

巨大な暗雲がその薄暗い無意識の濃淡を底深く維持して触手たる掌をひろげた
寡婦が両耳をおさえて泣き叫ぶ　野鳥がその時群なして街路の上を次々飛び去
る　無気味なその音に目覚めた人たち

どす黒い煤煙がゆっくりと東南の上空をみたしはじめ　生きている動物の無感
情な瞳を濁らしていく
その不可思議な深夜の街が湖水に微かに傾いて映っている　船舶がその上を幻

のように過ぎる

病気の子供は優しく額に置かれたその母親の両手に絶叫しどす黒い血を噴きあげている
それでも柱時計は依然としてガラスにその薄暗い情景を映して動いていた

誰かいる誰もいない　家々の扉は無人の風景を開《あ》けて
家の空調を風に晒す

この時けたたましくベルが鳴る　人々は出勤する
人々は目に見えない大敵に向かう　原っぱを出撃する

突撃するそれらの人々には飽くまで暗闇しか見えず　敵はどこにも見えない
何処にもいない
その時蒼暗い高空が　死とその果ての星々の永劫の無意味さにきらびやかなのが額に時折降る以外《ほか》は

いつまでたっても濃霧しかなく　群青とエメラルドの惑星が仄かに在る
遠いかなた　生きている娘　永遠の雑草とともにゆらぐ　一斉に歪んだ誰かの
足跡

生きている者は死んでいる者に口づけをして逃げる
時の死　この空間の悪夢　そうして銃のけむりを吐く

いつまで経ってもどこにも声もなく　戦死者はいつも仰向いている　遠い風の
空

誰かが誰かを欲望のままに解体する作業の光景を叢林の中に垣間見た彼等

叢林は蒼く暗く　そうして黄金の　滝《ワッサーファル》*を隠しもっている
隠された黄金のドア　隠された真実の女
そうして奇妙にも　永遠という名の死に捕えられた既視の街

誰かが誰かを待っている　道にも　どこにでも
戦死した彼等に墓標もなく　平穏な屋根々々ばかりが在る

平穏な深夜の夜景には　賛美歌と　ビタミンと　ハシッシュ
悪意のように　平静な煙突のけむりばかりがやたら目につく　と　死びとの赤い昏が告げる――「さようなら」

誰かが誰かを呼ぶ事には　いつも聞き飽きたイントネーションがある
毀れた幾つものまだら雲のように　明証すべき存在を明らかにされた　思惟表出の形式

誰かが誰かを追う　この時寝静まった深夜の街
誰かはいつも誰かに追われる　追われる者の誰かの顔が誰かに似ているのは
月の明りと〈燈〉だ

このように尼僧の通りすぎる石の道にはもう何一つ響くものはない
不信の形態で　深夜の薔薇がねじれる音以外には――

＊粟津則雄訳『ランボオ全作品集』（思潮社　一九七七年）「あけぼの」に拠る

追憶

あの古代の厳そかな彫像が街の彼方に巨きく聳え立っているのを知った日　深い追憶の裂け目がわたしの顔面を縦に横切って割りいくつもの条目が視界に刻まれてわたしは永久に発されない嘆声を欲すかたちに唇を開いたまま瞠目して路上で動けなくなっていた　唐突な白昼夢の訪れのようにあの日見慣れた商店街は中程まで行ったところで完全に切断されてしまっておりその先にあるはずの神社も高架線も団地も消えていて太陽に炙られた海が広がっているばかりだったのだ　そしてその砂浜には奇妙な木彫の人形がいくつも等間隔に立ち並びビルの窓々は次々に意味もなく割れて叫びがあちこちで放たれ道端で多くの人々が絶えまなく倒れた　そうするうちに街の彼方の上空遥かにまで達しようとするほどのあの白い石像がいつしか厳然と聳え立ち街の至る所で燃え立つ炎や叫喚や惨事を表情のない白さで見つめやっていた　わたしはこの全く不意に

現われ出た何かを理解しえないまでもなおかつ現われ出てみるとそれがやはり現われるべくして現われた必然の事と感じられただこの時が来るまでに余りに長い時があったこととそしてその発現の仕方があまりに唐突で一挙に噴きだしてしまったという事実が事態を実際の何層倍もの反乱を伴って惹き起しているというふうにいえるだろうと思われるのだった　そしてわたしはまさにその光景を知っていると感じる——まるでそっくりの状況に追いこまれた時突然意識を突きあげてくる一切の陰画《ネガ》を収めた《記憶》のように　だから不意に現われ出たあの砂浜では苛酷な光の氾濫する海面に照り映えて精密な悪意のように立ち並ぶ奇妙な人形群の遥か向うの方で耐えきれないといったふうな若い男の叫びがあんなにも永く尾をひいて響き残っているのだ　それがどんなに今まで世界の謎に気づかずあるいは気づこうともしなかった者が受ける懲罰のある深い体現としての象徴に酷似していようともその姿を見た者は次の瞬間にはもはやなく叫びの主は叫びを発したその事によって打ち寄せる波しぶきの破片に消え去り曝されたある苛酷な場所としての空虚がただそこに広がるばかりだろう
こうして着実に綿密かつ壮麗なある巨大なるものの回帰が果される　《癒されるのは船と青空であり　許されるのは子供たちばかりだろう》といった教祖の予言がその果ての帰結に遺されているにすぎないようだ　わたしはゆるやかに

天高き所から崩れおちていく壮麗で透明なものをみる　そのおびただしい瓦礫の下敷きになっていくわたしをもまたそこにあわせ見る　しかし世界はいつものようにしごく静かで　その暮方には透明な崩れていったものの正体があの古代の彫像ではなくわたし自身の巨大な影法師にすぎないことを知るだろう

神話

昨日ふと意味もなく裂けた青空の残忍な切り口から今朝がた鉄梯子を伝い降りてきた宇宙飛行士が陽光の裡で銀色に病んでいるのを目撃した　それは中心から焼けただれたように深く白銀に蝕まれ侵されていた　まだ鉄梯子の長い中程で降りかけた姿勢のまま彼は全身を深く病み発光しつづけており　遠目にはそれは今まさに羽化しかけている異種なる生物の蛹というふうにも見えるのだった　晴れやかに広がる今日の日の午後たる廃墟は　そうして涼やかにどこまでも透きとおり眼に映るすべてを透明に耀かせていた　酷薄な岩石の無数に転がっている影のあたりまでが美しく眼底から照り映えてくる　空の切り口には薄青い闇が溶液のように漂っていて　それは斑らな雲の広がる彼方にまで影響を及ぼしさざなみの皺を淡く刻んでいるように見えるのだが　今朝突然現われでた飛行士はそんな事に関わりなく身につつんだ宇宙服に人類の渇いた陰翳《かげ》を

たたえ梯子に足を掛け実に緩慢な動作で降りてくるのだった　まさに異空間に投げだされた宇宙飛行士というにふさわしい動きで午後に至るまでの数時間を重い量感にみちて蠢いていた　まるで海中の水圧に喘ぐ海底探索者のように限りなく無言にみちて　ところが突然全身を電流に貫かれたように一瞬びくりと彼は体を顫わしみるみる白銀に染まって銀色の粒子が細かくあたりを飛びまわり動けなくなってしまったのだった　その無声の懊悩が深く銀色の裡に体現されているようで長く正視していられないほどだった　彼のその懊悩は劇しくめまいを渦巻かせて遠い異空間の残像に苦しめられているようなので　彼がやってきた切り口のある空の果てがあんなにも目眩んで見えるのだ　その遠い静かな錯乱の内奥から奇妙な違和感を秘めたグライダーの爆音が微かに知覚を発生し　いつのまにか空は荘厳なオーロラと化している　白い巨きな球体が雲の襞からゆっくりと現われ出る　飛行士は静かに焼け落ちて銀色のまま鉄梯子からすべり落ちていく　その地面に至る間の落ちゆく姿までが緩慢で　彼の二重化された意識の風景がそのまま透けて見えるようだった　それから落ちていったあとも鉄梯子はひっこめられもせずそのままだった　明らかに彼が単独でこの空間を訪れたのだということがそのことからわかるのである　あとには雲の噴煙から現われでたつややかに白光りする球体が音もなくちょうど飛行士がいた

あたりの梯子のところまで接近しカチリと快い金属音をたてて梯子と接触するのであった　そのなつかしい球体は彼が永い宇宙旅行の間何度も見たことのある物質であり　彼の記憶の底で沈澱していたという硬い渇いた感触であるはずだった　それは幾度となく彼の操縦する飛行船のまわりに姿を現わし　窓の中から彼にものうい視線を投げかけさせたところの幾何学的形態であった　だから彼が遂に病死してしまった際にまで姿を現わしたとしても何ら奇妙なことではなかったし　それは彼自身が意識的に望んでいた終焉の儀式でもあるのだった　ただその球体はカチリという無機的な音をたてて合図をし　再び動き出すまでその原初的な簡潔さの幾何学的形態を中空にとどめているにすぎないのであるが　それこそが何億光年と全く孤独な旅を続けてきた彼にふさわしい死の感覚なのだった　空間原理の謎を熟知してしまった者が提出する一つの解答そしてそれは数学の冷たさで始まり数学の冷たさで終るのだとでもいうふうに澄みきった音をしていた彼の生涯の終わりにおける象徴的に発生した一つの記号　それは誰にも解読され得ない彼一人の知りうる明示であった　彼一人が単独で理解し知悉するところの暗号により構成された宇宙の構造だった　そうしてどこからか高い女の声が太く細くいつのまにか響きはじめる　荒れた廃墟《ソドム》をぬっていつまでも響きつづける　中天から太陽とは別のもう一つの光線が地上

を突き刺し　浄められた世界の起源が墓標のようにかたちをあらわす　これら細工のすべてが予めたくらまれていた精巧な装置なのだと気づく時　すでにおびただしいライトが円形にならぶ船体がすぐ上にまで降りてきているのだった

高い女の声が昂まる一方でそれら無数の灯の輪がゆるやかに回転し浮上してはまた覆いかぶさるように降りてくるのであった　この奇妙な世界の真相を解き明かしうるいかなる語法があるというのだろう　飛行士が旅のさなかで見続けてきた光景と同じようにこの世界を語るためのいかなる単語の配列が可能だというのだろう　それらはいずれも不可能性の彼方に追放された虚妄の数々に属するにすぎないのではないか　発狂したような太いソプラノの女の声がひとしきり声量を増し微かに顫えるように響く　数知れぬ物の輪郭が薄膜を隔てたように空に淡く反映しおびただしく行き交う　しかしあれは神の影でなく　まして異空間の海がざわめいているのでもない　現われ出たあの白い球体のように単純な形態が無意味に立ち騒いでいるにすぎない　かつて古代の兵士の行進する影が長く伸びたそのあたりも今では幾何学の産み落した無数の残滓が飛び交っているだけなので　かくして鮮明な午後の進行はゆるやかに大団円を迎える　宙空で回転していたまばゆい船体は中央から分解してその奥から細長いロケット状の機器を突きだしてきて虹色のプリズムを放射する　次に船体の周縁

が一斉に開いて三角の縁飾りのような形状で囲まれる　轟音が地響きをたて霧状のガスが夢のように湧き立つ　船体は猛烈な回転をはじめやがて重々しく浮上するとそのまま大量のガスを残して突然消えた　あとは激しく渦巻く砂塵とガスが晴れてもとの澄んだ光が充ちるばかりだ　すでに発光する事をやめ全身やけどを負って倒れている宇宙飛行士の遺体はさっき起った猛烈な砂嵐のため鼻から口の中までぎっしり砂で詰まり空虚に崩れかけていた　彼が《旅》という名のもとに見てきたもの——それによって体験した世界のかたちは彼自身の肉体と共に今まさに崩壊し霧散しようとしている　しかし廃墟《ソドム》が必ず物理的な臨界点の果てに浮上するのと同じように　彼の見てきた世界もまたあの空の薄膜の向こう側に依然として存在しつづけるはずであった　彼の見たものがそれだったとしても　彼の生命の終りによって彼自身が崩れその見てきたという廃墟《ソドム》になる他はない

付記

森　信夫

詩集『蒼い陰画』は著者・森雄治が十七〜二十歳の時に書いた詩をまとめたものです。[*] 著者は一九九五年に亡くなりましたが、この詩集の構想はその題名も含めて本人自身によるものです。十八歳の時のノートには「青の陰画」となっていたこの詩集について弟は生前、口にすることがなかったので、その題名の意図は詳らかではありません。手書きのノートは初稿が書かれた後、さまざまな時期に多数の書き込みがなされ、判読困難な状態になっている詩がいくつもありました。そのため、誤字・脱字等も含めて基本的には初稿を採ることにしましたが、上書きされて初稿が読めない場合など、いくつかの詩では部分的に加筆を取り入れる折衷的な処理をせざるを得なかったことをここに記しておきます。

*「薔薇の時間」は、日付の記載なしにルーズリーフ式ノートの最後に書かれた詩に含まれるため不明ですが、少なくともその草稿はこの時期に書かれています。

著者略歴

森 雄治（もり・ゆうじ）

1963年、大阪府生まれ。少年期を吹田市で過ごす。
その頃から詩、小説を書き始める。
1983年より、愛媛県今治市に移住。
1995年１月、病歿（享年31歳）

連絡先　森 信夫
住所　〒799-1514　愛媛県今治市町谷甲701-8
MAIL　moriartlab@yahoo.co.jp

詩集　蒼《あお》い陰画《ネガ》

二〇一八年（平成三〇年）一一月一五日　初版発行

著　者——森　雄治

発行人——山岡喜美子

発行所——ふらんす堂

〒182-0002　東京都調布市仙川町一—一五—三八—二F

電　話——〇三（三三二六）九〇六一　FAX　〇三（三三二六）六九一九

ホームページ　http://furansudo.com/　E-mail info@furansudo.com

振　替——〇〇一七〇—一—一八四一七三

装　幀——君嶋真理子

印刷所——日本ハイコム㈱

製本所——㈱松　岳　社

定　価——本体二五〇〇円＋税

ISBN978-4-7814-1114-9 C0092 ¥2500E